KB233610

미스터
김치

미스터 김치 제1권

초판 1쇄 인쇄 2013년 8월 5일
초판 1쇄 발행 2013년 8월 15일

글	채정택
그림	김의정
펴낸곳	거북이북스
펴낸이	강인선
등록	2005년 5월 23일(제313-2005-001108호)
주소	420-860 경기도 부천시 원미구 길주로 1
	한국만화영상진흥원 만화비즈니스센터 412호
전화	032.323.8895 **팩스** 032.323.8894
홈페이지	www.gobook2.com
편집	정선우·임종관
디자인	오수진·김영진
마케팅	구본건
경영지원	이혜련
김치자문	풀무원식품(주)
인쇄	전광인쇄정보(주)

ISBN   978-89-6607-094-7 17810
        978-89-6607-093-0 (세트)

이 책에 실린 글과 그림은 저작권자와 맺은 계약에 따라
일부 또는 전부를 무단으로 싣거나 복제할 수 없습니다.

미스터 김치

글 차 정 택
그 림 김 의 정
제　1　권

🐢 거북이북스

한국인, 미국인, 이탈리아인, 일본인이 등 장 하 는 김 치 만 화 ?

2011년 미국 공영방송 PBS에서 제작한 다큐멘터리 '김치 연대기 Kimchi Chronicles'가 미국 전역에서 방송되었습니다. 이 다큐멘터리의 진행자이자 공동 제작자인 마르자 봉게리히텐은 한국인 어머니와 주한 미군 아버지 사이에서 태어나 어릴 때 미국으로 입양되었습니다. 그녀는 '김치 연대기'를 제작하려고 프랑스의 유명 요리사인 남편과 한 달 동안 우리나라 곳곳을 돌아다녔다고 합니다. 〈미스터 김치〉는 이 다큐멘터리를 보고 영감을 받아 기획한 작품입니다.

김치를 소개하는 만화나 드라마는 많이 봤지만, 김치를 통해 겪는 우리네 인생 이야기는 별로 없었던 것 같습니다. 문득 '김치를 만들고 파는 사람들의 이야기를 만들면 어떨까?' 하는 생각이 들었습니다. 평소 친분이 있던 거북이북스 편집부와 기획 작업에 들어갔고, 김치에 관한 만화를 시작하게 되었죠. 물론 드라마, 영화 제작을 염두에 두고 각 인물들 간의 갈등 요소도 좀 더 복잡하게 만들었습니다.

이 김치 이야기 속에는 각자 다른 환경에서 살아온 네 명의 음식 전문가가 김치를 통해 음식의 참뜻을 깨닫게 된다는 주제가 들어있습니다.

미국의 대통령 영부인이 김치를 서툴게나마 직접 담가 먹고, 일본 대부분의 국민이 김치를 모르는 사람이 없을 정도로 김치는 세계적으로 알려지기 시작했습니다. 부족한 글솜씨로 김치에 관한 이야기를 펼치려니 공부도 많이 해야 했고, 소재에 대한 압박감도 심했습니다. 하지만 언젠간 누군가 더 훌륭한 작품을 만들어낼 것이라 믿고 편안한 기분으로 풀어내려 했습니다.

〈미스터 김치〉는 한국인 엄마와 미국인 아빠 사이에서 태어난 한국계 미국인 하워드와 이탈리아 명문가 집안의 가르시아, 일본에서 나고 자란 전형적인 일본인 미유키, 한국에서 한 발짝도 나가본 적 없는 토종 한국인 오이선이 김치라는 공통분모를 가지고 만나 펼치는 이야기입니다. 〈미스터 김치〉를 통해 다양한 국적을 가진 젊은 남녀의 사랑과 일에 대한 이야기뿐 아니라 우리나라 전통음식인 김치에 대한 여러 이야기를 들려주고 싶습니다.

끝으로, 훌륭한 그림으로 이야기를 빛내주신 김의정 작가님께 감사의 인사를 전합니다.

채정택

캐 릭 터 들 이 알 아 서 굴 러 가 는
느 낌 이 라 즐 겁 게 작 업 했 습 니 다

처음 〈미스터 김치〉의 짧은 콘티를 받았을 때, 기분 좋은 예감이 들었습니다. 앞으로 펼쳐질 이야기들이 무척 궁금해서 함께 작업을 하기로 했습니다. 1년 넘게 이어지는 단행본 컬러 만화는 처음이라 걱정이 되었지만, 기대보다 더욱 재밌게 이야기를 이끌어주신 채정택 작가님과 거북이북스 편집부 덕분에 무사히 1권이 끝났네요.

〈미스터 김치〉에는 다양한 인물과 장소가 나옵니다. 화마다 볼거리와 이야기가 가득하지요. 그만큼 인물이나 배경이 이야기를 잘 따라갈 수 있도록 캐릭터에 성격을 확실히 부여하고, 배경의 포인트를 잘 살리는 등 세세한 부분까지 신경을 썼습니다. 덕분에 초반 설정에서 시간이 많이 걸려 애를 태웠지만, 중후반부로 넘어가면서 설정해놓은 캐릭터들이 알아서 굴러가는 느낌이라 즐겁게 작업했습니다. 게다가 장기간 작업을 하다 보니 당연히 캐릭터마다 애정이 생기기 마련!

잘생겼지만 까칠한 하워드, 덕분에 미간 주름 그릴 때 행복했어요. 미중년은 늘 옳아요. 호호호. 아름답고 상냥한 가르시아! 이런 꽃미남, 참으로 오랜만에 그려봐서 기뻤습니다.
오사마 오타쿠지만 모델 같은 미유키, 오타쿠인데 예쁘다니! 저와 같은 성향이지만 심하게 다른 얼굴에 좌절을 느끼며……. 그러ㄴ 얘는 만화 주인공, 나는 집구석 그림쟁이겠지! 하며 오늘도 스스로 위로해봅ㅡ다.

귀여운 오이선, 발랄하고 호기심 넘치는 아가씨인데 담당 정선우 편집장님께서 저 닮았다고 해주셨어요! 빈말이셨겠지만, 이선이 그릴 때는 저도 모르게 원래 설정보다 더 예쁘게 그리려고 용썼습니다. 이래서 착각이 무섭나 봐요.

그리고 미유키의 새언니 유코. 제가 굉장히 좋아하는 인물입니다. 화려하고 예뻐서 그리는 재미도 있거니와, 일단 성격이 얼굴에 확확 드러나는 캐릭터라 그릴 때 너무 짜릿했습니다.

이밖에도 다양한 캐릭터가 나옵니다. 모두 개성을 담으려 노력했으니 재밌게 봐주세요!

흥미진진한 콘티를 짜주신 채정택 작가님, 덕분에 즐겁게 작업할 수 있었습니다. 다른 작가님과의 공동작업은 처음인데, 매번 콘티 받는 날이 진짜 신 났어요. 특히 개그컷! 콘티를 혼자 보는 것이 아까웠습니다. 그리고 작업에 많은 도움을 주신 윤파랑 님, 이동은 님, 정말 고생 많았고 감사합니다. 비실비실한 저를 뒷바라지해주신 가족, 먹이 창고에 먹이가 사라지지 않도록 애써준 이종철 님께도 무한 감사를 드립니다. 모두 모두 사랑해요!

거북이북스와 이 책을 읽어주신 독자 여러분! 정말 감사합니다.   **김의정**

차례

등장인물

하워드
한국계 미국인으로 부오노 피자 사장이다. 뉴욕에서 아들 앤서니와 단둘이 사는 이혼남. 여자, 자동차, 패션 모두 관심 없고, 오직 회사와 아들만 생각한다.

가르시아
이탈리아 명문가의 자손으로 하워드의 오랜 친구이자 비서이다. 꽃미남에 패션 감각도 좋다. 여자를 많이 밝힌다.

앤서니
하워드의 아들. 바쁜 아버지와 살면서 일찍 철들었다. 학교에서 동양계 혼혈이라는 이유로 괴롭힘을 당하고 있다.

메이슨
하워드의 라이벌로 주주들을 교묘히 설득해 하워드를 내쫓고 부오노 피자를 차지하려 한다. 하워드의 전처와 재혼했다.

미유키
다이켄 그룹 회장의 딸. 하버드 대학교에서 경영학을 전공했지만 회사 일에는 관심이 없다. 몸매와 패션이 모델급. 한류스타 오이도에게 푹 빠진 열혈 팬이다.

유코
다이켄 그룹의 며느리. 남편이 죽은 뒤 다이켄 식품 사장 자리에 앉았다. 다이켄 그룹의 CEO 자리를 노리고 있으며, 걸림돌인 시누이 미유키를 견제한다.

장부자
오가네 김치 사장. 유서 깊은 종갓집 맏며느리로 종갓집의 비법과 한류스타를 내세운 식품 회사를 차려 성공을 꾀한다. 남편과는 오래전에 사별했다.

오이도
일본에서 오사마라 불릴 정도로 인기가 많은 한류스타. 오가네 김치 장부자의 장남이며, 오가네 김치 모델로도 활동하고 있다.

오이주
오가네 김치 장부자의 장녀. 오가네 김치의 실질적인 경영을 맡고 있는 이사다. 김치의 맛이나 가치보다는 기업의 성공에 더 신경을 쓴다.

오이선
오가네 김치에서 김치연구원으로 일하고 있는 장부자의 차녀. 김치에 대한 해박한 지식이 있는 홍성댁을 존경하며 따른다.

홍성댁
하워드의 친엄마로 오가네 김치 공장에서 일하고 있다. 숨어있는 김치 명인이다. 사장인 장부자도 그녀를 함부로 대하지 못한다.

다이켄 류노스케
다이켄 그룹의 3대째 호장. 조그마한 회사였던 다이켄을 지금의 대기업으로 성장시켰다. 딸 미유키와 며느리 유코와 살고 있다.

야마다
다이켄 식품의 전무. 미유키가 '뿡뿡 아저씨'라 부르며 잘 따른다. 유코의 눈 밖에 나서 회사에서 쫓겨날 위기에 처해있다.

제 1 화 미 스 터 하 워 드

New York

흠, 이런 맛이군.
짠맛과 신맛이
우리 것보다 강해서
소다수도 많이 찾겠어.
매상 좀 올렸겠는걸.

우리는 더 짜고
더 시게 할 거야.
그래서 이 눈엣가시 같은
작은 가게를 짐 싸게
만들어야지.

저기
계산 좀….

알겠다,
악마의
하수인아!

버럭

이봐,
잔돈푼 좀
쥐어서 보내!

뭐?
그 코딱지만 한
가게 하나를
어떻게 못 하겠다고?
장난해, 지금?

기
잉

짜든지, 시든지
상관없어. 무조건
더 맛있게 만들어!
아니면 건물주를
매수해서라도
쫓아내!

그건 그렇고,
이사회에서 왜 내 얘기가
나온다는 거야?
분위기가 심상치 않아?

이 늙은이들을
그냥!

하, 하이~.
에밀리.

탕!

학교 신문에 실린
네 칼럼 근사했어.
나도 동양의 문화를
배우고 싶은데
도와줄 수 있니?

어…
물론이지.

야, 중국인!
내 숙제 다했어?

퍽!

뭐하는 거야?

오-우, 무서워라!

사과해! 그리고 앤서니는 중국인이 아니라 한국계 혼혈이라고!

한국? 그건 드 뭐하는 나라야?

맞다! 김정은의 나라?

이봐, 여기 김정은의 아들이 있다!

부 웅

어디
네 잘난 아빠를
불러봐!

히익!

끄윽

오냐,
여깄다!

앤서니,
우리 사이엔
숨기는 게
없어야 해.

가족이라곤
너와 나
둘뿐이잖니!

무슨 말씀이
하고 싶으신 건데요?

혹시 너…,
친구들에게
괴롭힘을 당하는 건
아니지?

맞아요.

뭐? 누, 누가!
우리 앤서니를…!

여기에서
동양인은
좋은
먹잇감이죠.

어서 오게,
하워드.

귀하신 분들이
어쩐 일로 여기까지….
잘 지내셨습니까?

뭐죠?
그 표정은…?

가르시아.

크흠!

미스터 하워드!
당신은 이제
사장이 아닙니다.

내가 만든
회사에서
나가라고?

내가 지금
잘못 들은 거지?

정확히
들으셨네요.

이 회사는
내가 브롱크스 뒷골목부터
닦아온 회사야.
부오노 피자라는 이름도
내가 지은 거라고.

다들
미친 거 아냐?

우리가 결정한 거네.

이사회에서 결정한 거라고요?

투자자들이 자금을 회수한다고 난리야!

더는 적자를 봐선 안 돼! 혁신이 필요하네.

혁신? 썩지도 않는 싸구려 재료로 단가를 낮추는 게 혁신이라고…?

그냥 솔직히 회사를 팔아서 돈을 챙기고 싶다고 말하시죠!

그래, 새로운 사장 후보는 정했소?

메이슨입니다.

일본 도쿄

제 2 화 다 이 켄 그 룹 의
철 부 지 아 가 씨

미국
부오노 피자에서
연락이 왔다고?

네, 아버님.
그런데 좀
이상한 일이…

왜?

그 회사
사장이 갑자기
바뀌었어요.

사장이 바뀌어?
젊은 사장이
자기 손으로 일으킨
회사 아닌가?

그 사람… 마음이 참 아프겠군.

새로운 사장은 프랜차이즈 제휴보다 인수합병을 원하는 듯해요.

우리보고 인수하라고? 그렇다면 새로운 사장은 전문 기업사냥꾼이겠군.

네. 벌써 중국 회사에도 인수 제안을 했나 봐요.

아가, 네 생각은 어떠냐?

하려면 망설이지 말아야 한다. 어물거리다간 뺏긴다.

아가씨는
나이만 서른이지
완전 어린애라고요!

어마어마한 양을 먹어치우며 결선까지 진출한 5명의 도전자들입니다. 힘찬 박수 부탁드립니다!

자 그럼~, 시작!

엄청난 속도로 스파게티를 흡입하는 선수들을 보십시오!

탕~

파ㄱ

와아아

앗

앗!
5번, 5번 선수가
우승입니다!

대단하군요!
소감은?

음음음...
음음... 음?

네! 우승자에게
드리는 상품!
한류스타
오이도 상과
포옹할 기회를
드리겠습니다!

꺅

꺄
악

오이도 상이
포옹해주고
있습니다!

저분은
평생 추억이
되겠군요!

푸학

옵꽈~!

아얏! 한류스타
오이도 상에게
구토를…!

오꽈─
싸랑해요─!

으악!

경호원에게
끌려나가고
있습니다!

끼익

살금

살금

아가씨!

깜-짝-

잠깐 저랑
이야기 좀
할까요?

아가씨,
나이가 서른인데
아직도 연예인을
따라다니세요?

그냥 연예인이
아니에요.
오사마죠….

그래요,
오사마.

아가씨가
하버드를 졸업하고
경영학 석사까지 된
이유가 뭔가요?

가문을
잇고 싶었던 게
아닌가요?

아가씬
책임감이란 게
없나요?

새언니가
잘해주고
계시니까요.

죽은
오빠 몫까지….

그래서
나 몰라라
하겠단
거예요?

그게 아니라…
전 아직 능력이…

맞아요!
아가씬 지금처럼
살면 돼요.

대신
제 부탁 하나만
들어줄래요?

지금 아버님이
아가씨에게 미국 회사를
맡기려고 해요.
애석하게도 아가씨는 아직
그럴 만한 그릇이 못 되죠.
그러니 거절하세요.
또 하나,
하워드라는 미국인을
만나주세요.

하워드?

네. 부오노 피자의
전 대표예요.
그가 무슨 제안을 하든
거절하세요.

알겠어요.

고마워요.
지금 한 이야기는
우리 둘만 알기로 해요.
이제 가서 아가씨
좋아하는 컴퓨터
하세요.

가르시아!
서둘러!
미팅에
늦겠어!

앗,
잠깐만요.

연락처?

Air Port

뷰티풀걸~
하이~❤

쳇!
시간 없는데….

메이슨?

저, 저놈이…
왜 여기에 있어?

엄청난
대접을 받고
있네요.

가르시아,
약속 장소가 여기 맞아?

네, 미우키 씨가
가르쳐준 대로 왔어요.

미유키 씨?
이쪽에 앉으…．

예?

벌떡

덜컥

아! 죄,
죄송합니다!

아, 아닙니다.
하하…！

벌떡

아! 예!
그럼 이쪽에…．

앗!

그냥 앉죠.

……．

사람들에게
기쁨을 줄 '좋은 전통'을
만들자고 말입니다.

......

지금 비록 일시적인
자금 문제를
겪고 있지만….

무슨 제안을
하든
거절하세요.

우리의 계획을 담은 제안서입니다.

다이켄의 영업망과 부오노 피자의 전통은 좋은 파트너가 될 것입니다.

하워드 씨.

회장님께서는 이 제안서를 보지 못할 것입니다.

회장님께도 말씀 잘 부탁드립니다.

제가 당신의 제안을 받아들이지 않을 테니까요.

자세한 건 말씀드릴 수 없습니다. 그럼 이만….

벌떡

자, 잠깐! 적어도 제안서는 보시고…!

……．

보스, 앉아요.

어쨌든 답변 고맙습니다. 다만… 한 번만 더 미팅 기회를 주지 않으시겠습니까?

오가네 가

네, 그러죠.

휴~.

크윽~.

메이슨에게 선수를 빼앗긴 게 틀림없어요.

메이슨 이 자식을!

위
이
이
잉

오가네 김치 공장

제 3 화 배 추 고 르 는 법 ?

지금 일본 런칭이 코앞인데 신제품 개발은 안 하고 작업장에 자꾸 기어나올래?

언니~. 나, 심심하단 말이야.

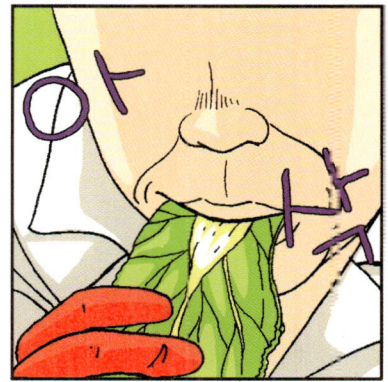

배추가 이상하네.

홍성댁!

홍성댁이 이상하다면 이상한 거여.

암.

무슨 소리세요! 우린 100% 국내산…!

국내산이든 중국산이든 뭐가 중요해. 맛이 다르잖아.

알겠어요. 오이주, 너도 그만하고 배추가 왜 이런지 조사해봐.

응? 응…. 알았어, 엄마. 아니, 사장님.

홍성댁, 저번에 얘기했던 것 말이에요.

생각 좀 해봤나요?

사장님, 저는 높으신 양반들의 이야기 같은 건 잘 모릅니다.

무슨 얘기예요?

수근 수근

거 왜 이번에 한국김치협회 회장 뽑잖아.

아삭

…끄응,
이 맛도 아니야.

쪼옥

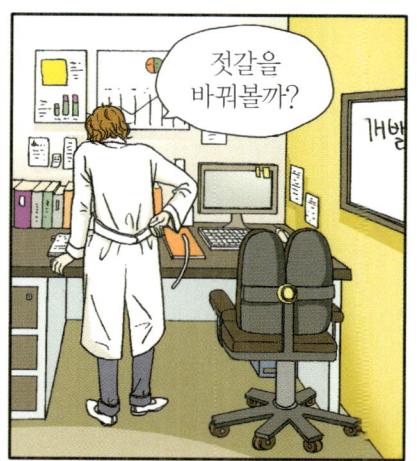

아들이 지금
일본에 있다는데
국제전화 거는 법을
도통 알 수가
있어야지.

그래요?

이리 주세요.
제가 한번
볼게요.

잠깐만요.

자! 됐어요.
이제 1번만
길게 누르시면
전화가 걸려요.

고마워

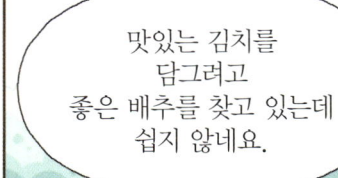

자!
여기서 좋은 배추를
골라봐.

예?
홍성 아주머니는
보시기만 해도
알 수 있어요?

그럼!
내가 답을 알려주면
제대로 배울 수
없으니까 혼자 힘으로
한번 찾아봐.

이그…

끄응….
그놈이
그놈들인데….

참ㅡ

그나저나 이거
전화 걸려면
어떻게 하라고?

아드님에게 거시게요?
제가 걸어드릴게요.
주세요.

그래.
내가 그새
까먹었나벼.

그래그래, 다 잘될 거여. 우리 아들이 하는 일인데 안 될 리가 없지 암!

삼계탕이 먹고 싶다고? 그래그래. 이번에 올 때 내가 꼭 만들어줄게.

응! 앤서니도 잘 있어.

근데 걔 점점 살쪄서 걱정이야. 공부는 잘하는 것 같아. ...응 ...응. 날 닮았지, 누굴 닮아?

그려! 울 아들 일해야 하니 어서 끊자!

응. 엄마, 사랑해!

......

그래서 내가
홍성 아줌마 아들하고
통화를 했는데,
말도 마. 아주 갈 때까지 간
이혼남이더라고.

조잘
조잘

그에 비하면 울 자기는
엄청 멋지지.
난 정말 행복한 여자야.
크크. 역시 돌싱들은
이유가 있나 봐!

…자기야,
내 얘기
재미없어?

아니,
재미있어.

아하!

그런 방법이….

도쿄 다이켄 식품

뚜벅

뚜벅

누구긴, 누구예요.
아저씨가 방귀쟁이란 걸
아는 사람….

미우키
아… 아가씨!

아가씨,
저도 이제 전무예요.
제발 애들 앞에서….

와!
축하해요.
뿡뿡 아저씨!

아가씨! 그 말이
아니잖아요!

그런데 회사에는
웬일이십니까?
도련님 돌아가신 뒤론
한번도….

아이고!
죄, 죄송합니다.

괜찮아요.

그냥 놀러 왔어요.

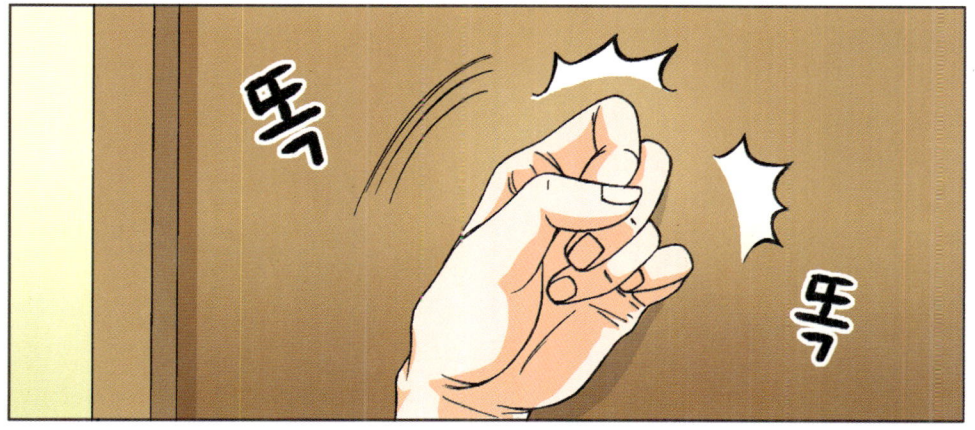

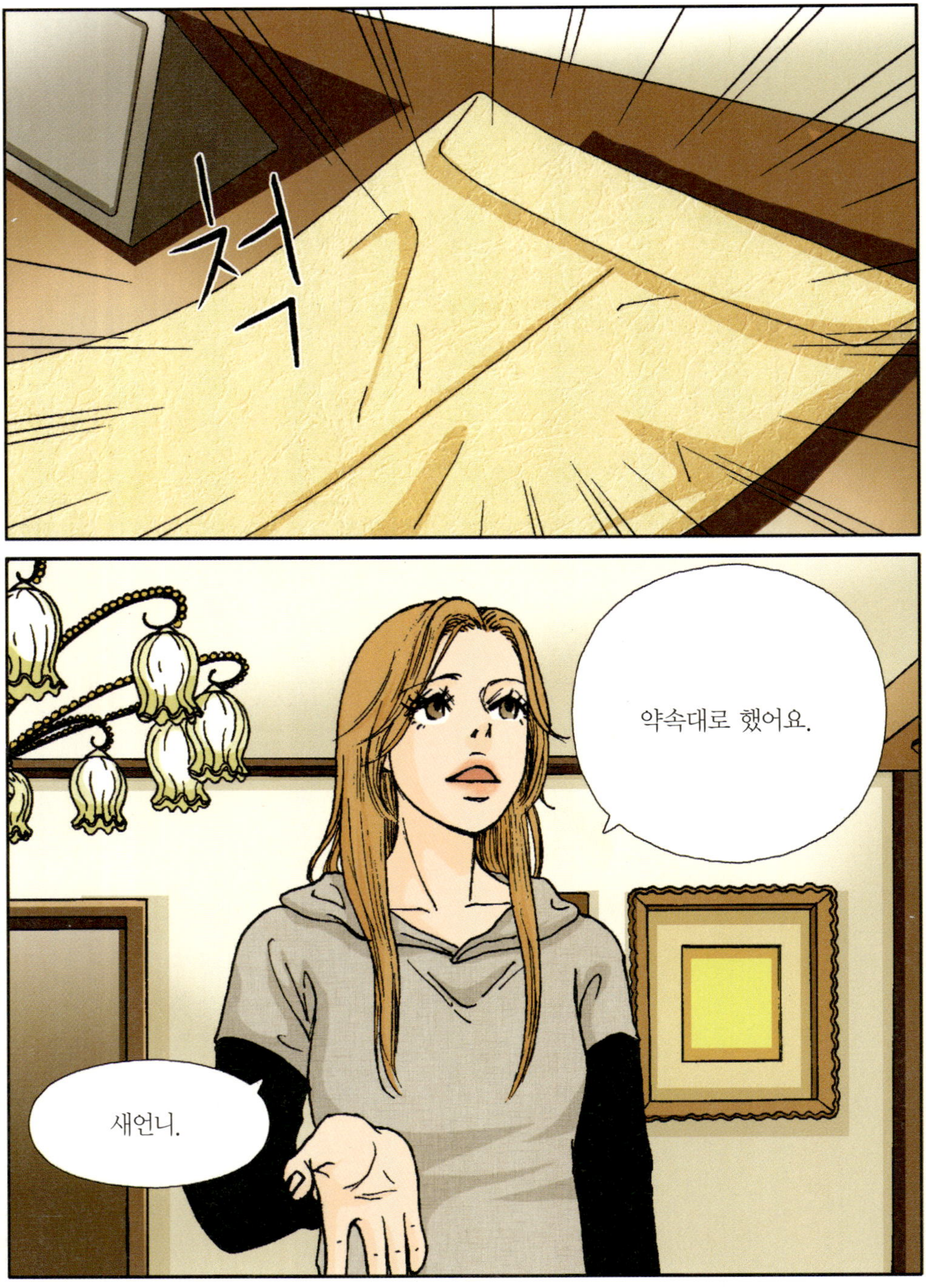

약속대로 했어요.

새언니.

제4화 홍성댁 아들은 어리광쟁이

수고했어요,
아가씨.

확실히
거절했겠죠?

군이 새언니의
부탁이 아니라도
거절했을 거예요.

재무 상태도,
성장 가능성도
전혀 가망이
없더군요.

그래요?
전혀?

전혀.

달그락

고마워요.
앞으로
부탁할 일
있으면
말하세요.

짜

르륵

우린
한가족
이잖아요?

아….

같이
가실래요?

아니요.
그럼 가볼게요.

……

탕!

안녕하십니까, 전무님….

슬슬

서류 이리 가져와.

자, 그럼.

미유키! 미유키 씨?

미스터 메이슨. 오랜만이네요. 사모님은 잘 계세요?

그, 그게… 작년에 재혼했어요.

미유키 씨는 여기서 일하나요?

아뇨. 저, 백조예요.

오 마이 갓!

이건 전세계적인 불행이야! 이런 천재가 놀고 있다니!

우리 회사에 들어와요! 우린 당신 같은 인재가 꼭 필요해요!

아… 네. 고마워요.

자, 그럼 메이슨 씨 이쪽으로….

아! 네.

미유키 씨! 꼭 연락 줘요!

꾸벅

꾸벅

밖에서 주무시면 감기 걸려요, 아빠.

부오노 피자의 젊은 사장은 만나고 왔니? 어떨 것 같으냐?

열정은 있는데, 그게 다예요. 조직을 이끌어가기엔 능력이 부족했어요.

부오노 피자의 주식을 팔겠다더냐?

아뇨.

제안한 내용은 자기 회사를 사지 말라는 거였어요.

그래? 주식을 팔러온 게 아니었다고?

오히려 다이켄 아메리카를 사겠다는 내용이었는걸요.

뭐? 우리 회사를 산다고?

허허허, 재미있구먼. 자기 회사에서 쫓겨났는데 더 큰 회사를 사겠다니…. 젊은 친구가 무리수를 던지는 걸 보니 꽤나 절박하구먼.

우리 일본에는 그런 놈이 없지….

미유키…,
그 미국인을
데려오너라.

예?

너나 나나
할 일도 없는데
그 미국인의 얘기나
들어보자꾸나.

도쿄 허름한 뒷골목

저길 봐!
저 사람들 조금
수상하지 않아?
우리 요리를 평가하러
온 건 아닐까?

서, 설마
미슐랭?

주문하신
시칠리안 피자와
브르스케타입니다.

그리고 나폴리풍의
칼조네는 오늘의
추천 요리입니다.

이 시칠리안 피자는
화덕을 쓰지 않은 맛인데
먹을 만하군.

칼조네는 약간
전통적인 맛과는 다르지만
가볍게 즐기기엔
좋은데요?

저… 저기
맛은 어떠신가요?

저기, 셰프를 좀 만나고 싶은데….

헉! 셰… 셰프를요?

저분이 혹시…?

아… 네. 맞습니다.

안녕하세요?

어이구~ 반갑습니다.

이탈리아 분인가요?

으… 음. 전 러시아계 일본인입니다.

이탈리아는 가본 적도 없는걸요.

그냥 여기 서 있으면 돈을 많이 준대서….

죄송합니다! 마케팅의 일환이라고 생각해주시면 감사하겠습니다!

그럼 요리는 누가?

그건 제가 만들었 습니다.

이탈리아 요리는 어디서 배웠죠?

그, 그게… 취미로 인터넷에서 배우다가…

인터넷으로 배웠다고?

죄… 죄송합니다!

다케시는 죄가 없어요. 다 제 불찰입니다! 제발 미슐랭 가이드에는 내지 마세요.

미슐랭 가이드?

일본 롯폰기

응?
전화 왔다,
엄마.

삐
ー
익

싫어! 싫어!
엄마랑 전화
끊기 싫어!

아이구, 어여 받어!
중요한 일이면 워떡혀!

잠깐만~
누군지만 보고….

miyuki

여보세요?
미유키 씨?

아?
네! 네!

벌
떡

물론이죠!
모레요?
알겠습니다!

Yes!
가르시아!
다이켄 회장이
우릴 보재!

헤이!

헤이!

가르시아!

버
럭

보스!
공연 중이잖아요.
조용히 좀 해요!

아차! 엄마는
어떡하지?
또 미뤄지게
생겼네…

응! 그래. 괜찮여.
일이 중요하지.
걱정 말고
천천히 와.

아주머니,
이번 주에 아드님
온다고 하셨죠?

일이 바빠서
다음 주에 온댜.

섭섭하지
않으세요?

섭섭하긴….
사업하느라
그런 건데
뭘.

아이고~
허리야

아드님이 미국에서
꽤 성공한
사업가라면서요.
자랑스러우시죠?

아니, 어떻게 알았어?
벌써 소문이 난겨?
하여간 이노무 여편네들
입 싼 건 알아줘야
한다니깐.

소문이 자자하던데요.
얼굴도 잘생기고,
키도 크다고….

우리 하워드가 배운 건 없지만 어릴 때부터 남들에게 기 안 눌리고 피땀 흘려 자기 가게를 차린 거여.

울쩍

16살 때까지 제대로 먹은 게 없어서 영양실조로 쓰러져도 병원 한 번 못 가고 살았댜.

이태리 레스토랑에서 일하며 손님들이 먹다 남긴 음식으로 끼니를 때웠다고 했을 땐 월매나 맴이 아프던지….

불쌍한 것…. 훌쩍.

지금은 번듯하게 성공했잖아요. 울지 마세요.

고마워. 오 박사.

아!

그런데 배추는 골랐어?

제 5 화 오 이 선 김 치 연 구 원 의
김　　　치　　　맛　　　은　　　？

김치를 담글 배추는 우선 속이 실해야 혀.

배추를 들었을 때 너무 가볍지 않고 적당히 묵직해야 하지.

이야~, 이게 제일 무거워요! 이걸로 할래요!

너무 무거운 건 수분이 많아 김치가 물러.

배춧속이 노랗고, 겉으로 갈수록 진한 초록색이어야 좋은 배추여.

줄기에 검은 점이 있거나 잎이 쳐진 건 오래된 배추인겨. 절대 고르지 마!

먹어봐!

아삭!

와~, 달아요!

그냥 생배추일 뿐인데!

배추가 이렇게 맛있는 채소라니!

그럼 수고혀.

오가네 김치

간을 본 다음,

짭- 음: 짱짱하군

배추를 절이는 거지.
한 3시간이면 되겠지?

좋아.
배추는 준비 완료!
이젠 고춧가루를
불려볼까?

고춧가루에
다시마와 멸치를
우려낸 육수를
섞어줘야지.

후후, 나만의 비법!
설탕을 팍팍 넣으면
고춧가루 색이
예쁜 빨간색이 되지!

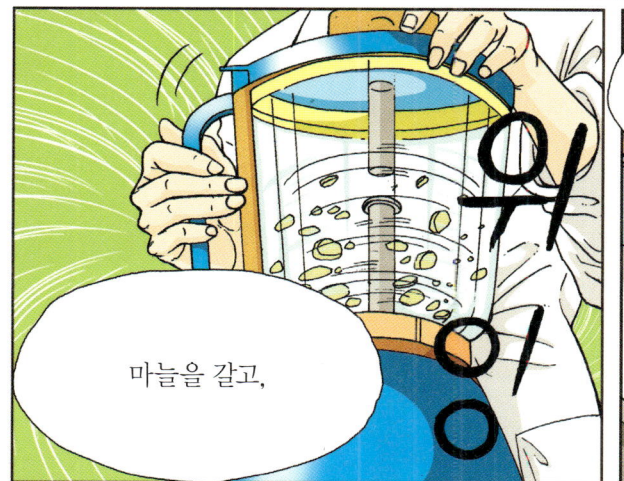

헉헉!
뭐가 이렇게
복잡해?
김치는
그냥 마트에서
사다 먹는 게 최고야!
안 그래?
크흑!
나 김치
연구원 맞아?
계속
하자.
이제 젓갈을 넣어서
깊은 맛과 감칠맛을
더해주고….
새우젓을
넣어볼까?
새우
대망의 마무리!
신개발 레시피!
가루녹차
가루녹차!

배추 겉잎으로 돌돌 말아 잘 싸면 녹차김치 완성!

이틀 뒤

오가네 김치

웅성 웅성

이게 오 박사가 개발한 김치여?

예쁘게도 담갔네~.

왜 일본 여자들은 이렇게 예쁜 기모노를 평소에 입지 않는…

회장님이 기다리고 계십니다. 이쪽으로 오시죠.

…거죠?

기모노가 정말 잘 어울리시네요.

저벅

저벅

이쪽 방입니다.

끼

익

아버님,
하워드 씨와
가르시아 씨예요.

안녕하세요?

다이켄 회장님,
처음 뵙겠습니다.

만나서 반갑소.
하워드 씨,
가르시아 씨.

쿨럭!

쿨럭!

내가 지금
몸이 안 좋구려.
이해해주시오.

이쪽으로
앉으시죠.

아, 예.

그래… 콜록!

쿨 떡!

쿨 떡!

후욱,

회사에서
쫓겨났다고 들었소.

왜지?

경영을
제대로 못하니까
쫓겨났죠, 뭐.

그,
그건…

글로벌 불황
여파로 인한
재정 악화
때문에…

글로벌 불황에 타격을 입었다고 합니다.

소곤 소곤

끄덕 끄덕

불황 탓이라…

불황도 못 견디는 얼간이를 어떻게 믿지?

…불황을 타개할 대책이 있느냐고 물으십니다.

쿨럭!

쿨럭!

아, 물론 대책은 있습니다. 불황일수록 고객에 대한 서비스와 품질을 높여…

불황에 장사 있나요? 돈이 필요하니까 여기 온 거죠.

컥!

가르시아!

솔직하게 갑시다. 보스.

다이켄 아메리카는 몇 년째 제대로 사업을 못 펼치고 있죠.

뉴욕에 점포를 12곳이나 매입하고도 절반은 물류창고로 임대하고 있지 않나요?

간단하게 얘기하겠습니다.

다이켄 아메리카의 주식을 우리의 주식과 맞교환해주셨으면 합니다.

그렇다면 우리에게 돌아올 이익은 뭔가요?

서로 휴지 조각을 맞바꿔서 금덩이로 만들어보자는 거죠, 뭐.

뭐라고
하는 거냐?

소곤소곤
소곤소곤….

클릭!

클릭!

흐음….

끄덕

끄덕

가르시아,
널 가만 안 두겠어.

두고 보자고요.
보스.

아버님,
손님이
오셨나요…?

!

끼익

아버님?
아가씨?

이 사람들은…?

아가씨!
무슨 짓이죠?
아버님은 절대안정을
취하셔야 한다는 것
몰라요?

아가야.

이분들은
내가 불렀다.
인사하거라.

이분은
다이켄 식품의 사장
유코 씨예요.

반갑습니다.
유코 씨.

또각
또각

회장님은 지금 병중에
계십니다! 아무리 급한
일이라도 이건 예의가
아니지 않나요?

죄송합니다,
부인….

아가야.

쿨럭!
쿨럭!

후다닥

네!
아버님!

다이켄 아메리카는
누가 맡고 있지?

콜
록

야마다 전무님이
관리하십니다만,

곧 비리 사건으로
내사가 진행될 거예요.
그건 왜요, 아버님?

그럼 야마다를
내려앉히고,
미유키에게 맡기거라.

예?

그리고
하워드 씨…

네?

나와
내기를 하지
않겠소?

내기… 요?

우리의 작은
골칫거리를 하나
해결해주시오. 알다시피
우리도 불황이라
신사업들이
신통치 못하외다.

테스트라고 생각하고,
성공시키면
제안을 받아들이겠소.
어떻소?

안 돼….
다 된 밥에
재를 뿌릴 순 없지….

음, 나예요.
우리에게 제안 들어온
사업 중에 성공 가능성이
제일 희박한 게 뭐지?
쓰레기일수록 좋은데.

오가네…

…김치?

제 6 화 눈 물 의 모 자 상 봉

뿡뿡 아저씨,
저 좀
받아주시겠어요?

아니, 아가씨!
뭐하시는 겁니까?

아가씨! 무슨…!
어서 방으로
들어가세요!
다쳐요!

부

웅

으악!

쿵

으아악~ 허리야!
아저씨, 괜찮아요?

아가씨…
살 좀 빼셔야겠습니다.
커어억~.

그건 그렇고
지금 때가 어느 땐데
도주하시는 겁니까?

아빠가 내게
다이켄 아메리카를
맡기겠대요!

난 회사를
맡을 실력도,
의지도 없어요.

그 무슨 무책임한
말씀이십니까! 저는 어쩌라고요!
아가씨, 아니 사장님! 회장님이
아니면 절 보호해줄
사람이 사장님밖에
없어요!

미안하지만 아저씨는 새언니에게 걸린 이상 빠져나갈 수가 없어요. 포기하세요.

으허엉! 아니 되옵니다! 결혼을 앞둔 자식 새끼가 셋이나 된다고요!

미유키 사장님! 저를 다이켄 아메리카로 데려가 주십시오!

이렇게 부탁드립니다!

아저씨! 저는 사장 안 할 거라고요!

회장님 성격 모르세요? 한 번 뱉으면 하늘이 두 쪽 나도 지켜야 하는 게 다이켄의 법!

회장님 편찮으시다며 누운 것도 다 뻥이라고요!

아저씨, 하워드 씨의 제안은 사업 타당성이 1%도 안 돼요.

가망이 없다고요.

아닙니다! 아가씨라면 할 수 있습니다! 아가씨는 여섯 살 때부터

야한 책을 즐겨보던 천재였는 걸요!

그 얘기가 여기서 왜 나와요!

죄송합니다! 그만큼 아가씨는 천재라는 겁니다!

아무리 천재라도 껍데기만 남은 회사를 살릴 순 없어요.

아가씨…

외람된 말이지만, 이대로 다이켄 그룹이 유키 님에게 넘어가는 것을 보고만 계실 겁니까?

다이켄 그룹 내에 회장님과 아가씨 편은 저밖에 남지 않았습니다.

뭐?
계약을
미루자고요?

그게
될 법이나
한 소리
입니까?

도쿄 다이켄 본사

메이슨 씨,
안타깝게도
회장님 맘이
변하셨어요.
우리에겐
시간이 더
필요합니다.

중국 쪽에서는
지금도 적극적으로
인수 제의를
하고 있죠.

오래 기다릴 수
없습니다.
한 달 뒤에
다시 오겠습니다.

저는 빈말을
하지 않습니다.

!

부르셨습니까?

이 사업,
확실히 쓰레기
맞나요?

한류에 기댄
전형적인
스타마케팅
사업입니다.

피
식

일본 소비자들은
바보가 아니죠.

아버님? 네! 혈압은 체크 하셨어요?

네! 지난번에 말씀하신 거요. 마침 적당한 신사업이 있어서요.

네, 아버님, 혹시 한류라고 아세요?

호홋!

인천 국제공항

ㅋ

으

으

으

원더풀
코리아!

여기가
내 어머니의 나라,
한국이구나!

호호
호~!

재잘

재잘

보스, 나 궁금해요.
왜 한국 여자들은 죄다
모델 같을까요?

나 한국이
좋아지려고
해요♡

어제까진
일본에서
살고 싶다며!

홍성 아주머니, 시내 가세요? 제가 모셔다 드릴까요?

인천 국제공항에 가려고. 우리 아들이 온댔거든.

아드님이 한국 온 거예요? 그, 그럼 빨리 타세요!

아, 아녀. 오 박사도 바쁠 텐데 어여 가.

예? 인천 국제공항이오? 여기서 꽤 먼데….

지금 출발해도 두 시간이 넘게 걸려요. 어서 타요!

아, 아니라니깐….

엄마~!
어딨쪄~!

어딨쪄~!
엉엉~.

저기, 저는
어머님을 모시고
가고 있는
사람인데요….

누구시죠?

어머님이 버스를 놓치셔서
제 차로 모셔 가고 있어요.
두 시간은 걸릴 것 같은데
괜찮으세요?

네, 고맙습니다.
여기서
기다리겠습니다.

Hi~!

보스,
왜요?

두 시간 동안
여기서 기다려야 해.

보스, 기다리는 동안 둘러보는 건 어때요?

좋도록 해. 난 여기서 기다린다.

끼이익

다 왔어요!

허

허

엄마!

하워드!

엄마! 엄마!

아이고, 하워드야~!

엄마! 보고 싶었어요!

그래그래.
건강은…:
아픈 덴 없고?

보스,
만난
거예요?

응.
인사드려.
우리 엄마야.

안늉하세요!

와

락

코맙습니다!

맛있는 거
마니 마니
해주쩨요!

내 이름은
가르시아
입니다!

제 친구예요.
우리 빨리
집에 가요.

그려그려.

홍성 아주머니!
기다리셨죠?
아드님은
만나셨어요?

오 박사,
벌써 만났어.

예?
정말요?

응!
얘가 내 아들
하워드야.

그리고
옆엔 하워드 친구.
여기는
오이선 박사님.

이런,
또 만났군요.

앗! 아까는…
미안했어요!

전혀요.

둘이
아는 사이야?

조금….

오이선 씨, 짱 멋져!

정말?

제 친구가 오 박사님 멋지대요.

실례지만 결혼은…?

결혼? 아, 아직…!

싱글이란다.

오~, 믿어지지 않아요.

아이고, 오 박사는 애인 있어.

하하하. 그 럭키가이는 누군가요?

아줌마는 그런 것까지 얘기 안 해도 되는데….

■ 〈미스터 김치〉 제2권으로 이어집니다.

맛 있 는
배추김치만들기

오이선 박사도 실패한 배추김치 만들기, 이렇게 만들면 성공!
'정성'이라는 양념을 잊지 마세요!

레시피·풀무원김치박물관 | 사진·최민호

재료

배추 1통(2~2.5kg), 굵은 소금 480g(3컵), 물 2L, 무 ⅓개(500g),
쪽파 50g, 그춧가루 2컵, 다진 마늘 1½큰술, 다진 생강 ½큰술,
새우젓 1큰술, 멸치액젓 3큰술, 고운 소금 0.5~1큰술,
감초 찹쌀풀(찹쌀가루 1큰술, 감초 달인 물 1컵), 매실 진액 약간
* 1컵은 200cc, 소금 1컵은 160g 계량컵 기준

만드는 순서

1 **배추 다듬기** 배추는 겉잎을 떼고 다듬은 뒤 밑동에 칼집을 넣어 반
  으로 쪼갠다.

2 **배추 절이기** 물 2L(10컵)와 굵은 소금 360g(2¼컵)을 넣고 약 15%
  농도의 소금물을 만든다. 배추를 소금물에 6~8시간 절인다. 배춧
  잎 사이사이에 소금도 뿌려 넣는다.

3 **부재료 썰기** 무는 채를 썰어 소금에 살짝 절여두고, 쪽파는 씻어서
  길이 4cm 정도로 썬다.

4 **김치소 만들기** 3에서 준비한 무채에 불려놓은 고춧가루와 쪽파를
  넣고 버무린 뒤 다진 마늘, 다진 생강, 새우젓, 멸치액젓, 감초 찹쌀
  풀, 매실 진액, 고운 소금으로 간을 맞추어 김치소를 만든다.

5 **버무리기** 배춧잎 사이사이에 김치소 양념을 한 줌 정도 쥐어 뿌리
  부분(두꺼운 부분)에 넣고 아래로 미끄러지듯이 양념을 고루 펴 넣
  는다.

6 **김치 완성** 배추 겉잎으로 양념이 흘러나오지 않게 둘러 감아 보관
  용기에 담는다.

책의 꿈, 만화의 상상 – 거북이북스
www.gobook2.com